VENTE

DU LUNDI 4 AVRIL 1887

TABLEAUX

PAR

EUGÈNE LAVIEILLE

COMMISSAIRE-PRISEUR	EXPERT
Mᵉ LÉON TUAL	**M. BERNHEIM jeune**
56, rue de la Victoire, 56	8, rue Laffitte, 8

CATALOGUE

DE

TABLEAUX

PAR

EUGÈNE LAVIEILLE

PAYSAGISTE

DONT LA VENTE AURA LIEU

HOTEL DROUOT, SALLE N° 5

Le Lundi 4 Avril 1887

A 3 HEURES PRÉCISES

Par le Ministère de **M⁰ LÉON TUAL**, commissaire-priseur,

56, rue de la Victoire, 56

Assisté de **M. BERNHEIM jeune**, expert,

8, rue Laffitte, 8

EXPOSITIONS

PARTICULIÈRE	PUBLIQUE
Le Samedi 2 Avril 1887	Le Dimanche 3 Avril 1887

DE I HEURE A 5 HEURES

CONDITIONS DE LA VENTE

Elle sera faite au comptant.

Les acquéreurs payeront en sus des enchères *cinq pour cent*, applicables aux frais.

Paris. — Imp. de l'Art. E. Ménard et J. Augry
41, rue de la Victoire, 41

LE PEINTRE DE LA NUIT

L y a trois ans, après une visite aux galeries de M. Bernheim jeune, rue Laffitte, où étaient exposés une soixantaine de paysages d'Eugène Lavieille, et encore sous l'impression de ces toiles lumineuses, nous nous efforcions de résumer, en des notes rapides, « l'œuvre multiple et considérable de ce maître, qui fut longtemps le peintre de l'Aurore et le peintre du Jour, avant de devenir le peintre de la Nuit ».

« Eugène Lavieille, disions-nous, est un amant épris, qui donne des rendez-vous à l'Aurore ou au Crépuscule, comme d'autres « jeunes » recherchent d'autres amours. Ces rendez-vous, mystérieuses entrevues de la nature et d'un poète, Lavieille y arrive toujours le premier. Il aime ! Il s'impatiente lorsque la barre d'or rouge est trop lente à déchirer l'obscurité du ciel. Mais aux premières lueurs roses caressant les tertres gris, aux premiers liserés de feu glissant le long des branches, aux premiers sourires de la nature en éveil, Lavieille retrouve ses enthousiasmes de la vingtième année, son cœur bat, ses yeux se voilent d'une larme furtive : la rosée des maîtres-paysagistes ! La nature, touchée, vaincue par une tendresse si rare, se livre alors tout entière. Elle murmure à l'oreille du peintre son divin secret. Elle laisse tomber ses derniers voiles devant ses yeux éblouis. »

Aujourd'hui, comme il y a trois ans, ces lignes sont l'expression de la vérité, et il n'y a rien à en retrancher. Eugène Lavieille est toujours profondément épris de la nature, et la nature continue à le combler de ses faveurs. Par un raffinement de coquetterie, elle se montre à lui sous les costumes les plus variés : ici, elle a revêtu sa robe de frimas, qui laisse entrevoir un peu de la neige de ses épaules ; — là, elle se dresse superbe, dans sa belle robe verte où se reflète le soleil de juin ; — plus loin, la nature apparaît couverte d'un manteau *feuille morte*, et le sourire de ses lèvres, tout à l'heure encore triomphant, se voile d'une expression de mélancolie. Plus loin encore, la voici dans sa robe d'étoiles et d'azur ; voyez, elle se glisse, par les sentiers déserts, sous les chênes aux rameaux tourmentés, parcourt les forêts mysté-

rieuses ; elle s'avance à pas furtifs, un doigt sur
sa bouche, retenant sa respiration comme si elle
craignait de troubler, par le moindre murmure,
le grand sommeil des paysans. C'est l'heure des
tendresses exquises, c'est l'heure du rendez-vous.
Ne le dites pas : elle va au-devant du peintre de
la Nuit !

Eugène Lavieille, fidèle dans ses prédilections
artistiques comme dans ses amours, puisqu'il
choisit toujours, depuis plus de trente ans, le
motif de toutes ses œuvres dans l'Orne et dans la
Seine-et-Marne, vient de réunir une quarantaine
de toiles où l'on peut voir une nouvelle et écla-
tante affirmation de cette inaltérable passion qui
le dévore..... Jamais le peintre ne fut plus maître
de son art ; jamais il ne poussa plus loin l'inten-
sité de sa vision si personnelle ; jamais, dans ses
pages les plus célèbres, même dans celles qui ont
inspiré des strophes admirables aux Baudelaire et
aux Théophile Gautier, Lavieille n'avait atteint à
plus de charme, à une plus irrésistible séduction.

Et de fait, on ne sait ce qu'il faut aimer le
plus, de ses effets de neige, de ses scènes printa-
nières, de ses paysages d'été ou de ses scènes
d'automne. Comme nous le disions tout à l'heure,
la nature y met une coquetterie toute féminine, et
quel que soit le costume où elle se montre, sa

beauté vous éblouit, grâce à l'interprétation de son peintre officiel... *L'Hiver; la Montée des Coulineries, au Libéro (Orne)*, le plus important des « effets de neige » qui vont figurer dans l'exposition des 2 et 3 avril, à l'Hôtel Drouot, n'est pas inconnu des amateurs, qui se souviennent l'avoir vu au Salon de 1886, où il fut très remarqué. Vous vous le rappelez : un bois de pins traversé par une route neigeuse où s'avancent une villageoise avec deux enfants. A droite, la plaine couverte de neige, se détachant sur un ciel clair, avec une buée rose à l'horizon. C'est le lever du soleil.

Deux autres scènes d'hiver : *Route des Sablons* et *Rue du Cloître, à Courpalay*, la première représentant un village qui se profile au loin, et, plus près du spectateur, un bois aux masses grises mouchetées de feuilles d'or roux, bordant une route où frissonne une paysanne ; ciel gris clair semé de petites nuées roses ; — le second tableau, d'une concision saisissante, nous montre une maison de village, fenêtres et porte closes. Il s'en dégage une indicible impression de silence, presque de tristesse.

Par une merveilleuse intuition, Eugène Lavieille distingue les moindres délicatesses de la neige, et en fixe sur la toile les finesses bleues et

roses, insaisissables reflets du ciel. Ah ! c'est bien
là le poète auquel rien de « naturel » n'est étran-
ger, le consciencieux observateur pour la spécu-
lation duquel il n'y a pas de « quantités négligea-
bles ».

Notez que la même ardeur dans la recherche
du détail caractéristique apparaît dans ses scènes
de printemps et d'été, comme dans ses incompa-
rables *Nuits*. Il faut admirer sans réserve ses
Pommiers en fleur, à *Veneux-Nadon*, le *Pont de
Neuilly*, le *Vieux Pommier*, le *Gué du Moulin
Aubert*, ses rues de villages, ses saulaies, ses
plaines d'un vert chaud, vibrant sous un roule-
ment de nuages gris de fer. Vous rêverez, sous ces
Pommiers odorants, avec cette jeune femme qui
s'accoude sur sa bêche comme pour mieux respi-
rer les pénétrantes senteurs de mai. Le *Vieux
Pommier*, qui dresse vers le ciel ses hautes branches dénudées, vous apparaîtra comme le princi-
pal personnage d'un drame agreste d'un palpitant
intérêt. Vous aimerez à vous engager sur ce pon-
ceau rustique qui recouvre le *Gué Aubert,* si
artistement encadré par deux rangées de peupliers.
Vous vous égarerez sans doute, avec des joies
d'écoliers déserteurs, dans ces coins perdus de la
forêt de Fontainebeau où les roches grises se
laissent envahir par les mousses, où les bouleaux

argentés éparpillent dans l'air leurs fins rameaux aux feuilles tremblantes, tandis qu'à leur pied s'entremêlent les bruyères aux tons mordorés.

Il faudrait tout décrire, et je n'ai encore rien dit des *Nuits*, au nombre de huit, qui figurent dans cette petite collection :

Vue de Courpalay, avril : le village, dominé par son église au clocher pointu, s'étage sur un tertre bordé, à droite, par des arbres au feuillage naissant et auquel la lumière lunaire donne une teinte rousse d'une vérité saisissante.

La *Rue de Veneux-Nadon*, à By, est peut-être le tableau le plus original qui se puisse voir, par la combinaison des lignes obliques alternant avec les perpendiculaires, et par l'opposition des gris et des noirs.

La *Route de Bourgogne, à Veneux*, est une échappée superbe sur une plaine que limite, à gauche, un bois touffu ; au loin, une maison aux murs blancs s'élève dans la nuit claire.

Le *Haut de Pompierre* : une humble maison de village assoupie, au bord d'une route déserte... Quel calme ! et comme on voudrait vivre là !

Voici encore un *Clos à Courpalay*, la *Rue de Veneux-Nadon*, si belle, cette rue de village, avec ses traversées d'ombre sur la blancheur crayeuse du sol, et, au premier plan, un groupe de rameaux feuillus, une parcelle de terrain abandonnée, inutilisée, où les végétations poussent librement ; — l'*Entrée de Courpalay par la route de Verneuil,* que j'aime pour le dessin original de ses arbres à travers lesquels on aperçoit les premières façades blanchissantes des maisons. Mais j'aime par-dessus tout cette page exquise qui représente une clairière de la forêt de Fontainebleau : *Route du Bois-Prieur.* La clairière est déserte, et la lune (invisible, comme dans toutes les *Nuits* du peintre de la nuit), filtre ses rayons obliques à travers les arbres géants. Il semble que Titania la blonde va nous apparaître dans ce décor féerique, shakespearien, troublant comme un coin entrevu de la forêt de Brocéliande !

Firmin Javel.

DÉSIGNATION

1 — *L'Hiver ; la montée des Coulineries au Libéro. — Moutiers-au-Perche (Orne).*

Salon de 1886.

Haut., 96 cent.; larg., 1 m. 50 cent.

2 — *Vue de Courpalay (Seine-et-Marne); nuit, avril.*

Haut., 64 cent.; larg., 1 mètre.

3 — *Le Gué du moulin Aubert (Seine-et-Marne); soirée d'automne.*

Haut., 81 cent.; larg., 65 cent.

4 — *La Prairie de Champgueffier, près Courpalay (Seine-et-Marne); soirée d'août.*

Haut., 49 cent.; larg., 72 cent.

5 — *Le Vieux Pommier, bornage de Veneux-Nadon (Seine-et-Marne).*

Haut., 72 cent.; larg., 60 cent.

6 — *Le Moulin Aubert (Seine-et-Marne) ; matinée d'octobre.*

Haut., 44 cent.; larg., 72 cent.

7 — *Pompierre, bords de l'Hyères (Seine-et-Marne).*

Haut., 44 cent.; larg., 72 cent.

8 — *L'Ile Beaudot, au pont de Neuilly ; juin.*

Haut., 44 cent.; larg., 72 cent.

9 — *La Mare de la ferme de Gaillon, près Courpalay (Seine-et-Marne).*

Haut., 48 cent.; larg., 63 cent.

10 — *Au bord de l'Ivron, prairie de Courpalay (Seine-et-Marne).*

Haut., 48 cent.; larg., 63 cent.

11 — *Le Chemin de Veneux à By (Seine-et-Marne); avril.*

Haut., 44 cent.; larg., 60 cent.

12 — *Les Bouleaux du rocher Besnard, forêt de Fontainebleau ; septembre.*

Haut., 60 cent.; !arg., 44 cent.

13 — *Bouleaux ; matinée d'avril, rocher Besnard, forêt de Fontainebleau.*

Haut., 58 cent.; larg., 36 cent.

14 — *Bouleaux ; matinée de septembre, rocher Besnard.*

Haut., 58 cent.; larg., 36 cent.

15 — *Rue de Veneux-Nadon (Seine-et-Marne); nuit.*

Haut., 36 cent.; larg., 58 cent.

16 — *Route des Sablons (Seine-et-Marne); neige.*

Haut., 36 cent.; larg., 58 cent.

17 — *Les Jardins de Courpalay (Seine-et-Marne).*

Haut., 36 cent.; larg., 58 cent.

18 — *Route de Bourgogne, à Veneux-Nadon (Seine-et-Marne) ; les seigles.*

Haut., 36 cent.; larg., 58 cent.

19 — *Vaches au marais de Nesles (Seine-Inférieure).*

Haut., 34 cent.; larg., 52 cent.

20 — *Pommiers en fleurs; après-midi, Veneux-Nadon (Seine-et-Marne).*

Haut., 35 cent.; larg., 47 cent.

21 — *Pommiers en fleurs ; temps gris, Veneux-Nadon (Seine-et-Marne).*

Haut., 35 cent.; larg., 47 cent.

22 — *Courpalay (Seine-et-Marne); la rue allant à Relugère.*

Haut., 35 cent.; larg., 47 cent.

23 — *Le Rocher Besnard ; bouleaux.*

Haut., 47 cent.; larg., 35 cent.

24 — *Soleil levant, mare de Gaillon, près Cour-*
palay.

> Haut., 34 cent.; larg., 45 cent.

25 — *De Veneux au bornage de la forét de Fon-*
tainebleau.

> Haut., 47 cent.; larg., 35 cent.

26 — *Entrée de Courpalay par la route de Ver-*
neuil; nuit.

> Haut., 35 cent.; larg., 45 cent.

27 — *Bretoncelles (Orne); soir.*

> Haut., 25 cent.; larg., 45 cent.

28 — *Veneux-Nadon (Seine-et-Marne); nuit.*

> Haut., 28 cent.; larg., 49 cent.

29 — *Au pont de Bernay (Seine-et-Marne); soi-*
rée d'automne.

> Haut., 49 cent.; larg., 28 cent.

30 — *Le Haut de Pompierre (Seine-et-Marne);*
nuit.

> Haut., 27 cent.; larg., 41 cent.

31 — *Un Clos à Courpalay; nuit.*

> Haut., 27 cent.; larg., 40 cent.

32 — *La Route de Bourgogne à Veneux (Seine-et-Marne) ; nuit.*

Haut., 35 cent.; larg., 27 cent.

33 — *Rue de Courpalay, route de Rozoy.*

Haut., 28 cent.; larg., 35 cent.

34 — *Une Rue de Veneux (Seine-et-Marne) ; plein midi.*

Haut., 27 cent.; larg., 35 cent.

35 — *La Grande Rue de Courpalay (Seine-et-Marne) ; nuit.*

Haut., 27 cent.; larg., 35 cent.

36 — *La Rue de Veneux-Nadon allant à By ; nuit.*

Haut., 27 cent.; larg., 35 cent.

37 — *Les Champs de Veneux au bornage.*

Haut., 21 cent.; larg., 35 cent.

38 — *Route du bois Prieur, forêt de Fontainebleau ; nuit.*

Haut., 35 cent.; larg., 23 cent.

39 — *Avril ; les maisons à Corbin ; Courpalay.*

Haut., 23 cent.; larg.; 35 cent.

40 — *Printemps ;   Grand - Bréau   (Seine - et - Marne).*

Haut., 21 cent.; larg., 35 cent.

41 — *Rue du Cloître, à Courpalay (Seine-et-Marne) ; effet de neige.*

Haut., 26 cent.; larg., 34 cent.

42 — *Aux Sablons, route de Bourgogne ; nuit.*

Haut., 25 cent.; larg., 19 cent.

43 — *Entrée de Veneux par les Sablons.*

Haut., 26 cent.; larg., 33 cent.

44 — *Au Clos de la briqueterie du haut, à Cour- palay.*

Haut., 19 cent.; larg., 28 cent.

45 — *Une Rue à Grand-Bréau (Seine et-Marne).*

Haut., 19 cent.; larg., 28 cent.